QUELQUES-UNS

Editions Jets d'Encre
81 avenue du Bac
94210 Saint-Maur-des-Fossés
www.jetsdencre.fr

ISBN : 978-2-35523-383-8

Marie Leduc Lusteau

QUELQUES-UNS

JETS D'ENCRE
ÉDITIONS

Chapitre 1

Elle se savait en danger. En danger de tout perdre, en danger de se perdre. Était-ce une histoire d'amour ? Peut-être. Peu importe. Elle sentait des poussées violentes de désir, de celui que l'on ne dit pas. Il venait réveiller son corps un peu endormi par toujours les mêmes mains qui le caressaient. Des mains aimantes d'un homme solide et rassurant. D'un de ceux avec qui on fait des enfants, avec qui on achète un appartement, avec qui on devient prisonnier de son banquier pendant vingt ans.

Après quinze années passées ensemble, elle était toujours émue par cet homme qui lui faisait l'amour. Ils étaient de ces couples que l'on aime détester. Beaux, bobos, avec des enfants aux gueules d'anges et aux prénoms anciens. De ces couples qui vont bien ensemble, qui partent au ski l'hiver et au soleil l'été. De ceux qui semblent réussir, bien que manquant d'un peu de folie.

Elle aimait sa vie, profondément.

Elle l'aimait lui, leurs enfants et tout ce qu'ils avaient construit.

Mais à quoi rêver entre les couches et ses mains dégoulinantes de tendresse ? Avec quoi frissonner entre les devoirs et la planification des vacances ? Et cette organisation quotidienne qu'elle devait gérer, dont ils devaient parler, qu'elle devait lui rappeler et qui lui donnait envie de vomir.

Alors, un jour, il y a eu lui. Lui et sa vie décousue. Lui et son humour con, son indélicatesse blessante mais sa peau si douce. Il y a eu cette rencontre interdite. Celle que l'on s'est engagé à ne jamais faire mais dont la saveur est si exquise qu'on ne peut s'en détourner.

Chapitre 2

Des circonstances banales, un métro, un regard, des verres et ce baiser.

Elle n'avait jamais eu affaire à une bouche aussi douce. Il lui prit violemment la sienne mais dès la rencontre de leurs peaux tout lui sembla ouaté. Ses mots crus et vulgaires contrastaient étrangement avec la douceur de son enveloppe. Il ne lui faisait pas l'amour, il la baisait. C'est du moins ce qu'il lui chuchotait.

Dans son appartement, elle se croyait coupée des autres, de tous les autres.

Il lui disait qu'il n'était pas dérangé par l'anneau qu'elle avait au doigt et qui la liait. Il lui disait son incompréhension face à cette habitude de se baguer pour se reconnaître, de signer un droit à s'aimer.

Pour se protéger du bouleversement que ces discours pouvaient entraîner chez elle, elle développa une espèce de présence-absence : sa voix ne faisait que la bercer, le fond ne lui importait pas. Elle voulait de la légèreté. Il lui avait promis de ne jamais l'aimer.

Sa vie à lui était tout ce qui lui faisait peur à elle. Alcools, drogues et puis les blancs. Les blancs qui teintaient ses matins où il ne savait plus rien. Peut-être avait-il, peut-être n'avait-il pas ! Il ne se devait pas de lui dire. Elle se devait de ne pas lui demander. Car si elle demandait, alors elle accepterait. Elle accepterait de reconnaître ce qu'elle sentait naître en elle. Elle accepterait de s'être laissé déborder et embourber.

Quelques semaines, quelques mois et puis plus rien. Plus de lui dans sa vie.

Il ne répondait pas, elle ne comprenait pas. Elle alla devant chez lui, aperçut de la lumière et rien. Elle se dit qu'il en avait choisi une autre. Qu'il avait décidé de la priver de son frisson. Qu'il la renvoyait à sa vie, dans le silence.

Chapitre 3

Un de ces matins pressés où l'on en habille un en tentant de faire manger l'autre, à peine un gâteau, le rêve d'un café, bisous du bout des lèvres tendues, presque agressives. Sans n'y avoir rien vu, elle était déjà sur le quai de ce métro avec des gens ayant passé un matin tout aussi mécanique que le sien. Elle prit ce petit objet auquel elle s'accrochait pathétiquement et vit en parcourant les brèves la mort d'un homme retrouvé seul dans son appartement après une semaine. Un mauvais mélange d'alcools, de drogues et peut-être de désespoir.

Elle comprit.

C'était lui.

Il ne l'avait pas abandonnée à sa vie, mais elle, elle l'avait laissé pour mort.

Elle s'imagina sa peau si belle, son odeur si enveloppante transformées en lambeaux de chair pourris et nauséabonds.

Elle ne pouvait pas pleurer, elle ne devait pas. Il n'existait pas. « Ils » n'existaient pas. Elle ne pouvait pas arriver au travail en disant qu'elle venait de perdre son amant ni rentrer chez elle en pleurant car il comprendrait. Elle ne pouvait rien dire. Elle devait taire sa peine, refréner ses cris. Elle n'avait pas le droit de pleurer : il n'existait pas. Elle ne l'avait dit à personne. Impossible. Pour lui, elle ne pouvait pas. Elle ne voulait pas qu'on le regarde avec la pitié et la moquerie qu'on sert aux cocus. Et puis, pourquoi ça lui faisait mal, si mal qu'elle sentait sa poitrine se déchirer dans le bruit sourd de cet homme à l'accordéon qui lui demandait une pièce… Comment n'avait-elle pas vu l'importance qu'il avait prise ? Était-ce lui, d'ailleurs, ou plus égoïstement l'échappée belle qu'il représentait ?

Cette journée étrange lui passa dessus. Elle vit l'heure où elle devait rentrer. Elle allait devoir sourire, peut-être même rire, écouter, aimer… Elle ne s'en croyait pas capable, mais elle réussit. Elle avait l'impression d'être en train de gueuler sa douleur sans qu'ils ne l'entendent. Elle était probablement bien entraînée.

Chapitre 4

Ce lendemain matin, elle eut envie de baiser avec d'autres, plein d'autres. D'effacer les empreintes de son corps dans le sien. Mais elle ne pouvait faire l'amour à son bagué… Elle alla matcher sur des applications, en rencontra quelques-uns et se laissa baiser par quelques autres. Mais cela ne lui suffit pas. Elle voulait comprendre sa vie à lui. Elle voulait savoir.

Elle alla à l'enterrement, cachée. Elle observa sa mère, les yeux rougis de cette peine inimaginable et le visage bouffi par l'alcool. Une sœur, des amis. Des amis à l'air blasé de ces enterrements par excès. Il y avait aussi ces mystérieux, des sans genre, qu'elle ne pouvait replacer dans sa vie, dans une époque, dont elle ne comprenait pas pourquoi ils étaient ses amis. Peut-être d'anciennes maîtresses ou des plus récentes, peut-être même une amoureuse. Elle se cacha, comme tout au long de ces temps passés ensemble qu'elle ne savait pas dater.

Elle avait été vue, vue par celle qui savait, la seule, sa sœur à lui, celle à qui il disait tout. La confidente s'approcha pour la sentir. Elle voulait pouvoir se coller au corps que son frère avait aimé, sentir la dernière odeur qu'il avait humée.

Chapitre 5

Cette sœur, cette sœur désespérément en manque de bébé haïssait et enviait cette femme qui avait sa vie de rêve. Elle haïssait celle qu'aimait son frère et qui mettait en jeu sa famille. Cette famille qu'elle espérait tant.

Elle avait un mari, elle aussi. Un qu'elle sentait partir, un qui souffrait de ces désespoirs qui ne se disent pas. Un qui pensait qu'il n'avait pas le droit de dire, qui pensait qu'il n'avait pas le droit parce que lui ne souffrait pas dans son corps. Parce que lui désirait moins qu'elle. Parce que lui, lorsqu'il regardait ces petits êtres pleurants et dépendants, il n'en rêvait que de loin. Il n'en rêvait que pour elle.

Lui, souffrait d'elle. Souffrait de la perdre, elle. De la perdre dans les couloirs des hôpitaux. De la voir s'effondrer devant ces résultats sanguins qui lui disaient « négatif » :

— Rentrez chez vous, madame, vous êtes vide.

Et pourtant, elle en avait « mis au frais », et pourtant, elle avait tout essayé. Ils tentaient de rire de ces éventuels petits êtres congelés, mais elle n'en riait pas vraiment, il n'était pas dupe. Elle lui en voulait terriblement. Elle s'en voulait de lui en vouloir mais ne pouvait lui dire que dans la haine. Sinon, elle se détruirait. Sinon, elle s'ouvrirait le ventre pour l'introduire elle-même. Ce serait toujours moins violent que l'absence.

Il ne comprenait plus, le mari. Il était le témoin silencieux de sa souffrance à elle, débordé, sidéré. Il voulait la secouer pour tenter de préserver cet amour sans ce trois dont il pensait pouvoir se passer. Elle ne pouvait plus supporter sa tristesse cachée à lui. Elle vomissait ses regards embués. Elle voulait le frapper. Elle le faisait parfois d'ailleurs et se mourait devant sa patience.

Ils avaient la trentaine sonnante et parfois trébuchante lorsqu'ils s'étaient rencontrés. Un soir, un bar, une histoire. Elle le trouvait troublant, plus que beau. Elle le sentait nerveux, souvent. Elle ne savait pas ce qui le traversait vraiment et elle avait décidé de ne pas le savoir. Elle tentait de préserver l'image de celui qui venait la délivrer d'un célibat qu'elle craignait éternel.

Elle se voulait maman et angoissait de ne pas l'être.

— Parce que le temps passe, madame, lui avait dit une gynéco délicate.

Elle n'avait pas rencontré « celui ». Celui qui la rassurerait, qui lui donnerait envie et qui aurait envie. Alors ce soir-là, dans ce bar, elle avait vu un « peut-être ». Lui était suffisamment saoul pour lever ses peurs, il osa. Elle répondit à son invitation. Elle savait qu'elle pouvait le suivre. Alors c'est ce qu'elle fit ce soir-là : pour la première fois, elle accepta d'aller chez un homme « inconnu ». Il avait quelque chose de bienveillant qui lui échappait mais qui la touchait.

Il lui parla de sa vie d'avant, d'avant elle. De ces quelques-unes qu'il avait aimées mais elle ne voulut pas trop en savoir. Il attendit qu'elle en fasse autant, elle préféra se taire. Taire ces quelques autres qu'elle trouvait insignifiants par rapport à lui. Taire ces quelques blessures que lui ne lui infligerait pas.

Très vite ils habitèrent ensemble, sans se le dire vraiment, comme une délivrance. Trop vite, disaient certains. Très vite elle voulut un enfant, tout de suite il lui dit oui. Mais parfois les corps ne répondent pas aux injonctions de l'être. Après tout ce bonheur rapide vint l'attente.

Quelques mois, quelques pleurs, elle ne tint plus.

Et si elle en baisait un autre, sans lui dire à lui ? Sans même avoir l'impression de le trahir, juste baiser, juste pour être pleine.

Cela faisait maintenant un an qu'il n'était pas là. Un an qu'elle pleurait en voyant ce sang couler d'elle. Un an qu'elle se désespérait et quelques mois qu'elle le haïssait. Elle trouvait dégueulasse que des connasses qui n'en veulent pas tombent enceintes par accident, comme ça d'un coup, en un coup. Elle avait envie de vomir. Elle qui s'échinait à baiser les bons soirs, à compter, calculer, gérer, ÇA ne lui tombait pas dessus. D'ailleurs, elle n'en pouvait plus de cette expression : « tomber. » S'il suffisait de tomber pour être enceinte, elle aurait su le faire, elle aurait pu le faire. Mais elle était là, paralysée, figée dans l'attente.

Elle en avait croisé des sachants, des bienveillants en blouse blanche.

Elle leur avait fait confiance.

Il y avait vu un « c'est possible ». Lui, il avait fait comme ils avaient dit. Il avait regardé son téléphone, sa revue, il s'était branlé dans un tube, il avait donné ce qu'il pouvait avec la crainte que ce ne fût pas assez. Il avait deviné son dédain à elle. Sa colère que ce liquide épais ne produise rien.

Elle aussi avait fait comme ils avaient dit. Elle avait écarté les jambes et leur avait donné son corps. Elle avait oublié la pudeur, la gêne, elle avait même fait semblant de sourire, ils l'avaient crue.

Elle ne vit rien lorsqu'il alla ailleurs. Il avait besoin d'une qui ne lui en demanderait pas. Il avait besoin de raconter un peu. Il fit croire à cette autre qu'il était amoureux, elle avait besoin d'y croire.

Mais il en voyait plein d'autres. À elle aussi, il mentait, se murant dans une vie qu'il racontait beaucoup plus belle qu'elle ne l'était. Elle serait déçue, cette nouvelle autre, si elle l'apprenait. Elle voulait bien être l'amante, c'était leur base, leur base bancale mais leur base.

Elle n'était pas assez, cette autre.

Il voulait baiser, sans température, sans calendrier, en gardant femme et maîtresse dans l'exclusivité mensongère de son amour.

Il avait parfois envie de se cracher dessus après avoir pénétré tous ces corps. Il avait envie de partir, de fuir ses mensonges. Il devait se reprendre. Il essaya de nouveau, vira l'amante collante et finalement décevante puis retourna vers sa femme. Accepta d'attendre les bons jours, accepta la frustration, accepta un peut-être trois.

Il ne vit pas qu'elle avait glissé, elle aussi.

Elle s'était échappée. Elle n'était pas partie vers un autre, pas vers un homme, c'eût été trop banal, et même affligeant. C'est vers une maîtresse bien plus dure qu'elle était allée, bien plus prenante qu'un homme dont on tombe en amour très vite. Elle se la mettait dans le nez une fois par semaine, puis de plus en plus, puis chaque jour. Pour tenir, pour tenir face à lui, pour le supporter, ne pas le frapper, ne pas lui faire porter la responsabilité. Et puis, ça la remplissait. Elle se remplissait de nourriture aussi, tout ce qui pouvait la faire se sentir moins vide. Elle commençait à se demander si elle n'était pas morte ou même si elle préférerait l'être !

Mais aujourd'hui devant la boîte de ce frère tué par la même maîtresse, elle décida d'arrêter. Elle décida de vivre. Alors il fallait qu'elle sente cette dernière odeur aimée par son frère, lui promettant de ne pas avoir la même fin. Elle se demanda pourquoi ils étaient si abîmés l'un et l'autre, si prompts à la dépendance, et regarda ce vieux. Son patron à elle, celui qu'elle savait être venu pour pouvoir pleurer égoïstement sur sa vie à lui et non soutenir sa peine.

Elle l'avait deviné las, le vieil homme !

Chapitre 6

Il semblait anéanti ! Mais cela ne pouvait pas être pour le mort, qu'au mieux il connaissait à peine. Elle le savait, elle. Elle lui en voulait de prendre pour prétexte la mort de son proche afin de venir déverser sa tristesse égoïste. Elle avait deviné son drame, enfin l'un d'eux. Il tentait désespérément de retrouver la lumière, de retrouver les applaudissements qu'il avait pris pour siens. Il rêvait de se vautrer dedans encore une fois, une toute dernière fois. Il ne voulait pas se résoudre à ces cheveux blancs et ce corps bedonnant qui lui semblaient appartenir à un autre.

Ils n'avaient rien compris, eux, tous, les moins vieux. Ceux qui se sentent encore beaux et vaillants. Ceux qui se savent séduisants. Il leur avait raconté, et reraconté. Pour qu'ils sachent, pour qu'ils se souviennent lorsque lui ne se rappellerait plus. Lorsqu'il aurait oublié les mensonges et les arrangements. Lorsqu'il n'y aurait plus que la vérité crue, qu'elle s'imposerait sans qu'il puisse lutter.

Durant quelques années, la mascarade avait marché. Quelques années avant que le masque tombe. Avant que ceux qui attendaient l'explosion se rendent compte du pschitt… Il s'était toujours arrangé pour être à côté de ceux qu'il pouvait illusionner. Il emmenait les gens dans le sillage de ses mots. Il racontait des histoires et certains avaient envie de se les laisser conter. D'autres regardaient, taiseux, par peur de le bousculer, de le tordre, de se prendre sa colère de petit homme.

Il s'était beaucoup entraîné sur une petite bande qu'il pensait influençable et qui, on ne sait pourquoi, avait un peu peur de lui. Cela avait marché, mais pas au-delà de ce petit monde qui ne savait rien de ce qui brille vraiment.

Il était maintenant terrorisé, meurtri par ces quelques moins vieux.

Il se sentait trahi. Il avait imaginé que le voile flotterait jusqu'aux portes de son cercueil. Il pensait qu'il avait bien choisi ceux qui brandiraient l'étendard de son talent, de sa grandeur. Mais cette grandeur n'avait de consistance que dans ses fantasmes. Il se voulait artiste, il n'avait jamais pu. Alors il avait accompagné, produit. Il était resté à côté, derrière des projecteurs, dans les coulisses, partout autour de la lumière.

D'un coup, tout lui revenait devant cette boîte nommée cercueil. Cette mère qui brillait, qui se faisait applaudir, que l'on venait encenser après ses spectacles. Celle aussi qui lui demandait de se cacher dans un placard parce que « tu n'es pas assez beau, les gens ne vont pas comprendre que tu sois mon fils. Crois-moi, mon chéri, c'est plus facile ainsi ».

Alors il regardait ces courtisans, ces hypocrites, faire les paons devant elle. Il avait vu et entendu tout ce qu'il n'aurait pas dû. Il s'imaginait qu'un de ceux-là était peut-être son père. C'était peut-être pour cela qu'elle le cachait, prétextant aussi que si on le voyait debout si tard alors qu'il était si petit, il lui serait enlevé. Elle lui disait cela souvent, d'ailleurs. C'était son chantage à elle, son moyen de le garder sage et discret. Aux rares personnes qui connaissaient son existence, elle disait qu'il était un enfant parfait.

Il n'osait pas lui en vouloir parce qu'il aurait pu en perdre son amour, et ça, il ne voulait surtout pas. Il avait appris un peu tôt que parfois on aime mal.

Lui, l'aimait follement. Cette folie avait traversé leur relation jusqu'à son drame à lui : sa mort à elle.

À chacune de ses exubérances, il avait été là. À chaque cri, pleur, il lui avait tenu la main et s'était mis à ses pieds comme un chien fidèle, s'écartant une fois le calme et le succès revenu. Lorsqu'elle l'avait surpris sur la scène répétant un texte qui ne lui était pas destiné, elle était entrée dans un état de rage qui l'avait sidéré, cloué sur place. Il avait compris qu'elle seule pouvait porter ce nom qu'ils partageaient au sommet de la gloire, alors comme d'habitude il s'était effacé. Elle lui avait tout de même accordé d'être le spectateur de quelques castings et d'« apprendre la lumière ». Il avait bénéficié de la bienveillance d'un technicien, le seul qui haïssait la vedette et vomissait la lumière qu'il projetait sur elle. Le seul qui partageait des blessures d'enfance qui s'apparentaient à celles de ce petit homme qu'il voyait devant lui.

Alors lorsque le vieil homme l'avait vue, elle, celle qui pleurait son frère, il s'était ému. Ému de ne pas avoir eu un ou une qui l'aimait ainsi. Il savait le dédain qu'elle avait pour lui, il n'en était pas dérangé. Il s'était fait haïr de beaucoup, des femmes en particulier. Il ne savait pas aimer autrement. Il ne savait pas faire l'amour autrement non plus, il devait sentir la violence de l'autre pour se penser désiré. Il en avait fait son affaire, même une pratique.

À côté de ce vieil homme, il y en avait un jeune, un beau, un frais, un qui n'avait d'yeux que pour cette femme au visage bouffi.

Chapitre 7

Il la désirait.

Il se sentait étrange et même inquiétant d'aimer regarder une femme beaucoup plus vieille et triste que lui. Il s'imaginait déjà ceux qui se diraient : « Ah ! ben il tombe amoureux d'une mère qui vient de perdre son fils, pas besoin d'être psy pour comprendre… » Mais il savait que ce n'était pas cela. Une mère, il en avait une, une bancale mais une, la sienne.

Cette femme le touchait.

Il la voyait magnifique. Il sentait le secret peser sur ces épaules de mère endeuillée. Il en avait vu quelques-unes, des femmes portant le noir.

Il avait dit non, au début. Il voulait être médecin, le jeune homme. Il ne voulait pas voir toutes ces tristesses, ces morts et leurs lits comme c'était le cas, « depuis des générations », des hommes de sa famille. Sans que personne ne demande pourquoi cet arrière-grand-père avait décidé de gagner sa vie en enterrant les corps sans vie. Il savait, le jeune homme, qu'il était préférable de ne pas questionner, il l'avait compris. Alors il tenta d'aller sauver ces corps pour que son père n'ait surtout pas à les toucher, à les porter, à faire croire qu'il était empathique alors qu'il était anesthésié. Et puis quelques difficultés, et puis l'argent, et puis « quand même, il faut être réaliste », et le voilà devant ce cercueil. Il ne l'avait pas vu venir.

Mais cette femme, elle pouvait l'emmener ailleurs. Elle buvait, c'était inscrit dans les poches de ses yeux. Il se pensait sauveur, se prit à rêver d'elle, à rêver d'eux. Il savait que s'il prononçait un mot, ce serait indécent, alors il préféra se taire. Il préféra observer ces quelques-uns.

Il partageait une chose avec son père : la fascination devant toutes ces histoires de vie qu'il entendait. Il n'était pas dupe, il savait qu'elles n'étaient racontées que très vaguement, toujours ou presque du bon côté. Il percevait entre les lignes de ces discours élogieux les aigreurs, les amours cachés, les enfants cachés, la frivolité, la lourdeur, ces repas de Noël lugubres et d'autres gais et animés, les débats et là où ça ne parlait surtout pas de ce qui pourrait faire débat. Les vieux amours, les amants devenus amis, les vieux amants, les amis devenus amours, les ambiguïtés. Il était le témoin de leur intime, il s'arrêtait au bord, au pas de leur porte, au pied de leur histoire. Il n'en voulait d'ailleurs pas plus, sinon il ne pourrait pas tenter de s'anesthésier comme ceux avant lui. Il lui avait dit, son père :

— Blinde-toi comme nos cercueils.

C'est lorsqu'il avait esquissé un sourire en entendant ces mots qu'il s'était su perdu.

Et puis vint son moment à lui, celui où il devait annoncer malgré la tristesse qu'ils étaient tous invités à boire en mémoire de celui qui s'était noyé dedans. Il savait l'importance de ces moments pour ne pas mourir de tristesse, pour ne pas tomber seul. Il savait qu'il allait laisser échapper la vieille.

Il y a des bonnes rencontres faites aux mauvais moments, elle était de celles-là.

Chapitre 8

L'amante lui avait fait une lettre. La sœur l'accompagna pour qu'elle lui laisse, qu'elle lui jette.

Le vieil homme décida de soutenir la mère. Il aimait penser que la sienne aurait été peinée de le perdre. Il aimait se faire croire qu'il aurait manqué. « Finalement ces enterrements ne sont pas si tristes, se disait-il. On y trouve son compte. On vient y déposer une peine, on vient trouver le soutien d'un, on vient pleurer ensemble, on vient évacuer ce qu'on n'arrive pas à formuler. On vient regarder l'amour perdu, on vient se dire qu'on manquera ou s'angoisser du nombre de personnes qui viendront dire au revoir. On angoisse d'être seul mais on aime à penser qu'au moins il y a aura quelqu'un comme ce jeune homme qui viendra nous porter. »

Elle alla boire, l'amante. Boire avec tous ceux-là et en rencontrer quelques autres. Elle le rêvait à travers eux. Elle comprit qu'elle ne connaissait que son corps. Elle était allée chercher son évasion, son plaisir, elle n'avait rien voulu entendre du reste. Elle comprit qu'il n'avait jamais cessé d'en toucher d'autres, pour ne pas s'accrocher à elle. Elle comprit qu'il en avait même présenté quelques-unes, des moins bien. Il avait fait en sorte qu'aucune ne lui ressemble, qu'aucune ne puisse la concurrencer. Elle comprit que lui, ce corps sans vie maintenant, était traversé, transpercé par la douleur du secret.

La vieille leur avait toujours dit que peut-être leur père était un acteur, que peut-être leur père était sous la lumière. Ils étaient alors tous les deux, le frère et la sœur, allés chercher sa lumière. Mais de lumière ils n'avaient jamais connu qu'elle. De chaleur ils n'avaient jamais senti que la sienne.

Elle partit, l'amante, terrifiée par la lourdeur de ces peines agglutinées dans cette pièce. Elle se sauva. Elle le voulait lui pour sa légèreté et uniquement pour cela. Elle ne voulait pas s'encombrer du reste. Tous ces gens qui lui parlaient d'un être qu'elle n'avait jamais voulu vraiment connaître, c'en était trop. Elle avait sa famille à elle pour cela. D'ailleurs, elle n'avait qu'une envie : les retrouver. Cette journée n'existerait plus, comme lui, d'ailleurs. Elle reprendrait le cours de sa vie comme avant lui. Effacer l'amant. Ne plus jamais y penser.

Elle pouvait le faire, elle le faisait déjà.

Elle courut littéralement reprendre son train.

Il deviendrait une rencontre comme d'autres.

Il n'était plus un chagrin.

Chapitre 9

Il la regardait partir, lui, l'ami, celui qui avait raconté l'enfance. Celui qui était dans l'ombre du beau, celui qui se faisait voler la lumière. Il était triste mais soulagé de ces ressentis qu'on n'ose dire car on ose à peine les penser. Lui, le meilleur, tenait dans une boîte et lui laissait prendre toute la place maintenant. Il espérait d'ailleurs prendre sa place. Son travail, ses femmes et peut-être même sa sœur. Car il lui en manquait une à lui, l'unique.

Il ne l'avait jamais rencontrée, l'amante, jamais avant aujourd'hui. Il lui avait caché celle qui avait compté, peut-être n'était-il pas assez bien aux yeux de l'exigeant. Peu lui importait aujourd'hui, car il était dans cette petite boîte. Il tenta de réprimer un sourire en attrapant cette idée.

C'était décidé, il lui prendrait sa vie. Pas l'amante, elle courait trop vite, mais tout le reste. Pour les excès, il ferait semblant, après tout il était acteur et pouvait jouer l'homme saoul ou drogué sans trop de difficulté. Il avait tellement observé son ami l'être… Il l'avait même étudié, mémorisé, jusqu'au timbre de sa voix abîmé par « la fête ». Il espérait prendre le premier rôle que le mort devait tenir dans cette prochaine pièce à succès, dans sa prochaine vie. On le prendrait bien en pitié : « En la mémoire de lui, veux-tu bien prendre sa place ? ». Il avait préparé sa réponse faussement hésitante et peinée. Il tenait à merveille le rôle de l'ami triste, sans excès. Il détestait cela. Il aidait la famille, allait saluer chacun, parlait du mort.

Il aperçut le patron de la vieille, venu montrer qu'il était humain. Venu dire que son management, c'était la bienveillance. Il en dupait d'ailleurs quelques-uns comme cela. Se vautrant dans l'anglicisme de ceux qui cherchent à paraître.

Chapitre 10

Lui, le chef, le boss comme il aimait être appelé.

Assez vite, il avait compris qu'il pourrait mettre les plus faibles sous sa botte, leur marcher quelque peu dessus en leur faisant penser qu'il était sympathique. Il mettait sans cesse en avant qu'il avait déjà été à leur place pour leur faire penser qu'il comprenait tout de leurs difficultés mais surtout que leurs impossibles n'étaient pas. Lui savait, lui avait pu, alors si eux ne pouvaient pas, c'est qu'ils n'étaient pas assez.

Il s'appuyait sur les influençables, souvent ceux qui pensaient l'être le moins. Ceux qui se la laissaient conter, qui tombaient sous son charme et voyaient les miettes qu'il distillait comme des cadeaux. Il arrivait, le chef, à leur faire penser qu'il leur laissait une très grande liberté. Il avait du talent.

Il y avait quand même quelques réfractaires, qu'il tentait de faire plier par l'humiliation. C'étaient ceux-là qui devaient être pointés du doigt et c'étaient eux qu'il montrait au moindre dysfonctionnement. Surtout ne jamais laisser penser que cela pouvait venir de lui. Il avait une liste de coupables désignés et magnifiques. Une liste suffisamment garnie pour que ce ne soit pas toujours les mêmes mais suffisamment courte pour que les noms reviennent à un rythme régulier afin qu'ils s'inscrivent dans l'esprit du grand nombre.

Il était seul le chef.

Il tentait de masquer cela par le ralliement artificiel de ceux qu'il dirigeait, de ceux du dessous, du dessous de lui. En voyant cette boîte, il se demanda qui serait là pour lui. Sa femme, peut-être. Ses maîtresses, sûrement. Cela d'ailleurs pourrait créer des tensions, idée qui n'était pas sans l'exciter. Que des femmes se battent pour lui, ces femmes sous son autorité, ces femmes à qui il faisait croire qu'elles le connaissaient, celles qui se soumettaient aux désirs du chef… il en eut presque un orgasme. Il n'y avait que la sienne, celle qu'il considérait comme lui appartenant, qui lui échappait vraiment. Elle était la seule à ne pas croire à ses histoires et commençait à le faire entendre un peu trop fort.

Il regarda la vieille au visage bouffi et se demanda s'il la dupait vraiment. Elle était de ces discrets, de ceux qu'on ne sait pas placer. Elle venait, travaillait, participait, semblait y mettre du sien mais sans y être vraiment.

Elle échappait à tous.

Chapitre 11

La vieille, d'ailleurs, ne l'était pas vraiment. C'est comme ça que ses enfants la nommaient mais elle en avait plus le nom que l'âge. Elle était marquée par la douleur. Pas seulement aujourd'hui, ce n'était qu'une souffrance de plus, une additionnelle, une qui vient vous enfoncer.

Elle avait déjà perdu beaucoup. Autant qu'elle avait aimé.

Il y avait eu cet homme, celui qui n'était pas venu pleurer son fils, ou peut-être était-il caché, comme il l'était depuis trente-huit ans. Elle n'avait pas regardé autour d'elle pour ne pas prendre le risque de croiser celui qui restait son amour. Elle se réfugiait, comme à son habitude, dans son imaginaire pour ne pas voir le douloureux. Elle aperçut tout de même une jeune femme étrange. Une en retrait, qui regardait cela comme un spectacle. Elle accrocha son regard au sien un long moment. Elle semblait extérieure tout en comprenant la peine.

Le croque-mort l'avait saluée, comme une amie. Elle ne pouvait pas se douter, la vieille, que cette femme venait s'entraîner. Un long entraînement : vingt ans. Elle avait vu le père du croque-mort, peut-être même le grand-père, et le jeune homme maintenant. Elle venait s'entraîner à perdre un proche, à perdre son parent, depuis qu'elle avait appris « l'incurable » d'un. Vingt ans qu'une phrase résonnait, un cri même, mais un de ceux qui restent coincés.

Elle était venue à un enterrement, puis deux, puis en avait fait un rituel. Voir la peine des autres la réconfortait parfois, elle n'était donc pas la seule. Elle n'avait en revanche jamais vu d'enterrement d'un malade comme le sien. Ou cela n'avait pas été dit.

Peut-être que ces gens auraient aimé, comme elle, qu'ils gardent leur sang dans leurs veines.

Chapitre 12

Garde ton sang dans tes veines.

Cette phrase la hantait depuis qu'elle savait.

Les tiennes sont plus voyantes ou je
ne vois plus qu'elles, peut-être.
Elles sont bleues et me terrifient,
m'écœurent même.
Ton sang me paralyse.
Ce qui te fait vivre me confronte à
la mort.

Voilà ce qu'elle écrivait dans ses carnets de lycéenne entre les lignes d'Histoire.

Elle n'écoutait plus qu'à demi-mot les gens s'agiter autour. Elle voulait vomir, s'effondrer, hurler, elle hésitait encore. Elle était détentrice d'un secret, un secret un peu trop gros pour ses quinze ans. Un de ceux qu'elle savait ne pas pouvoir trahir.

Celui-ci ne ressemblait en rien à ceux chuchotés par ses amies, ceux qui ne sont dits que pour être répétés. Elle cherchait pourtant un ou une qui pourrait l'entendre.

Elle étouffait de se taire.

C'était le plus lourd silence qu'elle avait entendu.

Elle devait le dire.

Elle devait savoir ce que ça lui ferait de prononcer ce mot, ce mot grossier et sale, trouvait-elle. Elle ne savait rien des conséquences de ce mot prononcé. Elle imaginait seulement et trouvait que même les sachants semblaient imaginer.

Chapitre 13

Il y avait bien Elle, l'importante, la meilleure de toutes. Celle qui pouvait, celle qui avait déjà connu le drame, son impossible deuil : la perte de celle qui l'avait mise au monde. Elle connaissait la douleur qui déchire le ventre au point de ne plus pouvoir parler.

Alors voilà, voilà ces deux adolescentes, clope au bec, dans ce lycée où elles avaient le droit de fumer. Elles ne fumaient d'ailleurs que pour ça, parce qu'elles avaient le droit à un truc d'adulte. En avalant, ou crapotant peut-être, elle lui avait dit. Elle avait craché sa fumée et son truc dégueulasse. Elle lui avait dit ce secret car elle aussi comprendrait qu'il n'était pas de ceux qui se répètent. Puis elles avaient ri, ri comme elles ne l'avaient jamais fait. Un rire fort et franc, comme le dernier.

Sa Meilleure la sauva, ce jour-là. La sauva de sa torpeur. Elle lui dit qu'elle continuerait à vivre, elle. Tout dans ce rire le lui faisait entendre. Elle pouvait alors reprendre la place de ses quinze ans. Un quinze ans un peu abîmé, mais vivant.

Après cela, elle avança vers son âge d'adulte en se disant qu'elle pouvait aussi ne pas se taire. Elle avait compris pourquoi ils avaient tant de mal à prononcer ce mot dont il souffrait. Heureusement, il y avait eu un gaffeur qui le lui avait fait entendre. Elle n'avait plus qu'à poser elle-même la question.

Elle n'avait plus qu'à oser, car ils n'y arrivaient pas.

Elle était marquée à vie du sceau de ce petit-déjeuner où elle avait osé interroger sans détour. Elle avait un doute, elle espérait se tromper. Elle avait été sidérée par leur confirmation. Encombrée, comme eux, par ce mot. Elle s'accrochait aux paroles de Barbara qui depuis ce jour l'accompagnait quotidiennement. D'ailleurs, c'est en annonçant sa mort à elle que le gaffeur avait permis à tous de délier cette parole trop lourde.

C'était le jour précis de sa disparition, un 24 novembre, son 24 novembre.

Si s'Aimer d'Amour,
C'est mourir d'Aimer,
Sont mourus d'Amour,
Sida Sidannés,
Les Damnés d'Amour,

C'est parce que le gaffeur aimait cette Dame en Noir qu'il était sans doute moins terrifié et qu'il avait osé prononcer « trithérapie ».

Le silence fut leur réponse, le gaffeur s'écrasa. Elle n'osa pas comprendre tout de suite, personne ne lui disait rien. Ils étaient tous autour d'elle, terrifiés par la question qu'elle allait enfin poser.

Elle n'en fit rien.

Il fallait qu'elle dorme. Qu'elle digère. Qu'elle réunisse toutes les forces de son quinze ans à peine. Qu'elle y aille. Qu'elle chasse les autres paroles terribles qu'elle avait associées.

Au matin, elle pouvait articuler de nouveau. Elle prit le risque d'obtenir une réponse à cette question si durement formulée. Elle s'autorisa à pleurer, aussi. Elle osa voir la peine dans les yeux de sa mère. Elle eut peur pour elle, mais elle allait bien. Elle n'était pas malade. Sa grand-mère respira, sans doute ne l'avait-elle pas vraiment fait depuis des semaines.

Elle voulut dire merci au gaffeur, mais le moment n'était pas venu.

Elle espérait qu'il s'en doutait.

Chapitre 14

Elle lutta pour ne pas tomber dans le même tabou. Lorsqu'elle put l'articuler à sa Meilleure, elle sut qu'il n'y avait pas de mot sale, qu'ils ne sont que lourds. Elle était prête à être confrontée à ces quelques-uns qui s'écarteraient lorsqu'elle dirait que son père portait ces maux.

Il les portait plutôt haut, d'ailleurs. Il était resté quelque temps à l'hôpital mais, à la surprise des quelques blouses blanches qui avaient le courage de les approcher sans comprendre encore ce mal, il se remit à parler, marcher, manger, chier, vivre. Ce sang malade continua de l'alimenter.

Elle apprivoisa le mot mais jamais la maladie.

Sa terreur que ce liquide sorte de ce corps, même juste un peu, ne la lâchait pas. Tout son corps à lui était difficile à supporter par elle. Mais le dire ainsi, elle ne le pouvait pas, ça ferait mauvais genre.

Elle trouva tout de même une, de ceux qui garantissent le secret, une de ceux qui peuvent tout entendre sans doute. Elle trouva où déposer, gerber, hurler dans le silence.

Elle put vivre, baiser, aimer. Mais ses quinze ans avait été taché d'un rouge malade, d'un rouge d'horreur. Elle avait peur que la mort jaillisse de ces hommes qu'elle affectionnait.

Il lui avait dit, lui :

— J'ai attrapé la mort en faisant l'amour.

Il n'aurait pas dû le lui dire.

Elle l'avait trouvé moins poétique que la Dame en Noir et aurait mieux aimé qu'il le dise à un qui peut tout entendre.

Chapitre 15

Elle avait son pilier, son socle, son bâton. Celle qui lui permettrait d'avancer dans sa vie de jeune fille, de femme, de mère à son tour. Elle la savait là, même si parfois elle la savait vaciller.

Elle avait eu cette tentation de se mettre en danger, elle aussi. La tentation de l'angoisse, de l'adrénaline, mais elle s'arrêtait au bord, réclamant ce latex par tant détesté.

Elle ne respecta pas toujours ce corps, le laissant être touché par un ou deux qui la dégoûtaient. Elle ne savait pas comment faire avec.

La sexualité était marquée du sceau du danger. Elle la voyait rouge, de ces rouges dangereux comme celui qui coulaient dans ses veines à lui. Eux, les autres, avaient à peine peur de ça. Ils pensaient que c'était une maladie de « pédé ». Elle leur aurait craché dessus, rien que pour ce mot qui devenait une insulte dans leur bouche d'esprits serrés.

Et puis tout le monde parlait de ce film où Tom Hanks avait la peau marquée de marron. Alors cela devint la nouvelle couleur de sa peur : le marron.

Elle apprit à se tranquilliser, doucement, à sortir de la terreur. L'amour d'un père à sa fille lui permettait. Ils trouvèrent même un bénéfice secondaire à cette maladie : celui de se connaître mieux, alors qu'avant, lui était happé par sa vie d'homme et elle par son adolescence dont elle ne savait que faire.

Elle crut étouffer souvent, l'oxygène lui était redonné par celle qui l'avait mise au monde, la première à le lui avoir donné. Sans elle, elle aurait pu s'arrêter de respirer, lui aussi d'ailleurs, sans doute. Elles en parlaient peu, voir pas. Elle, l'ado, était entraînée à lire entre les lignes du dire de sa mère. Elle savait qu'elle ne pouvait pas parler plus, elle ne savait pas pourquoi mais respectait cet impossible existentiel.

Quelques bienveillants prononçaient le mot « tabou », pour qu'il le soit moins. Elle avait encore du mal à l'entendre : SIDA. Elle tenta de trouver autre chose, mais rien ne pouvait se formuler. Donner un petit nom à une maladie aussi grosse n'était pas chose aisée. Elle bloquait d'ailleurs sur « mal-a-die » lui-même, comme si le malin était venu leur chuchoter quelque chose. Elle trouvait le vocabulaire médical assez terrifiant : « tu-meur », « mal-a-die », « can-cer », même « gros-sesse ».

Elle ne pouvait plus écrire. Puis, parfois, cela s'imposait à elle, mais elle ne pouvait plus relire.

Elle se faisait chaque soir le scénario de ses obsèques à lui, persuadée qu'il était en sursis et que ce serait court. Elle n'avait qu'une peur : qu'il décide de mourir avant un événement majeur de sa vie à elle. Elle ressentait d'ailleurs souvent beaucoup de colère à cette idée, presque comme si cela arrivait vraiment. Son bac, ses partiels… il allait bien lui faire un sale coup. Elle imaginait la scène, sa colère impossible à dire, sa peine, son discours, les gens présents, les drames possibles à son enterrement. Car, après tout, il était un homme de drames, et cela ne pourrait s'arrêter à sa mort.

Puis, elle commença à venir « s'entraîner ». À regarder les gens pleurer en accompagnant leurs morts. Elle trouvait formidable qu'il n'y ait que des gens extraordinaires qui meurent. Ou alors était-ce l'hypocrisie du chagrin ? Elle n'avait vu qu'un enterrement où il n'y en avait qu'un : le croque-mort. Celui sur qui on peut compter même si on est un salaud.

Ils se connaissaient maintenant, avec le croque-mort. Ils se parlaient peu. Elle devinait sa frustration, il se doutait de son drame. Elle l'avait vu débuter et prendre de plus en plus d'assurance. Lui, il l'avait vue se redresser et avoir moins peur de la perte. Il se demandait comment elle réagirait lorsqu'il faudrait accompagner son mort à elle. Il était même un peu pressé de savoir qui cela allait être. Il était certain que c'est à lui qu'elle demanderait de faire le porteur de ce corps auquel elle s'accrochait tant. Peut-être d'ailleurs serait-elle obligée de vivre d'autres pertes avant celle qu'elle attendait.

Chapitre 16

Elle était femme, maintenant.

Elle avait rencontré son il, sa personne, celui avec qui elle pouvait trébucher sans craindre de tomber. Celui qui n'avait pas peur de tout ça, celui qui avait compris sa peur des veines. Celui qui était marqué par des peines, différentes, moins vitales mais pas moins tristes.

Ils avaient pu créer de la joie ensemble et des petits autres au sang sain. Elle n'avait jamais imaginé que ces petits autres à elle auraient un grand-père. Elle était fascinée et parfois effrayée car même si elle connaissait le rationnel, elle avait peur que son sang à lui jaillisse dans leurs veines à eux.

Elle était embourbée pour parler de cela à ses petits. Elle avait peur qu'ils ne puissent faire face aux mauvaises réactions. Comment pourraient-ils faire avec ceux qui diraient « c'est bien fait » ou qu'eux aussi pourraient être malades, ou simplement ces petits mouvements de recul sans mots qui viennent signifier la peur et qui sont les pires.

Elle comprit alors sa mère qui n'arrivait pas à le lui dire. Elle comprit ses silences, ses gênes en arrivant dans le service des maladies infectieuses, des mis-à-part, des cachés, de tous ceux qu'on a peur de toucher. Elle comprit son attente avant de parler, sans doute parce qu'elle la savait ne pas être prête. Elle imaginait ses torsions internes : « la laisser poser la question », « lui expliquer ». Mais avec quels mots aurait-elle pu le dire quand les médecins n'en avaient pas assez et les médias en avaient trop ? Quand le « grand public », si tant est qu'il y ait un public dans ces petites chambres d'hôpital, parlait de peste.

Heureusement, il y avait ces infirmières et leur humanité. Sans doute avaient-elles peur, elles aussi, mais elles étaient volontaires pour être là, à côté de ces rejetés. L'adolescente devinait qu'elles n'avaient pas l'habitude de voir une si jeune personne dans ces couloirs de maladies. Elles étaient calmes et douces avec elle mais laissaient le soin au médecin de venir expliquer à cette presque encore enfant ce dont il s'agissait vraiment.

La parole de ces médecins n'était jamais venue. Ou peut-être une fois, de loin, pour lui dire « ne vous inquiétez pas trop » tout en crochetant un cadenas à la fenêtre d'hôpital. Sans doute parce qu'il fallait s'inquiéter un peu. Mais là encore, personne n'avait rien pu dire, chacun restant sidéré par la violence de ce geste et le silence qui l'accompagnait.

Face à ces petits autres à elle, elle se remémorait ces moments de lourdeur silencieuse. Elle ne voulait pas qu'ils soient happés par la même sidération. Elle les voyait chercher le bon mot, chercher en vain où se logeaient la peine de leur mère et la souffrance du corps de leur grand-père. Elle se devait de leur dire, de leur raconter, pas juste de vomir le mot grossier. Elle devait leur raconter sa peine d'enfant devenue maman. Qu'elle leur dise de faire attention à leurs veines à eux, d'aimer en prudence mais d'aimer follement.

Elle détestait devoir parler de cela avec ceux qui ne voulaient pas de latex « parce que je ne peux pas jouir ». Elle détestait, car elle était obligée de jouer à la « mère morale », parce qu'elle devenait l'empêcheuse de jouir en liberté. Elle ne voulait pas qu'ils deviennent de ceux-là, même si elle jalousait leur légèreté.

Chapitre 17

Elle regardait ces gens aux enterrements entre empathie et condescendance. Généralement, mis à part le croque-mort, personne ne la remarquait. Mais ce jour-là, dans les yeux de cette vieille au regard insistant, elle comprit qu'on ne se prépare pas à la perte, pas à celle-là. Qu'elle ne pourrait apaiser sa peine en regardant celle des autres.

Elle sut qu'elle pouvait arrêter, qu'il était temps, que c'était venu, que le sang des autres déjà coulé ne ferait rien à la peur du sien encore vivant.

Elle sut qu'elle aimait profondément cet homme, son père, qu'ils avaient combattu cela seuls, chacun avec ses maux sans pouvoir formuler ceux qui s'entendent, mais qu'ils avaient toujours été à côté. Que c'était déjà beaucoup.

Elle entendit résonner cette voix si particulière, « ça, c'est une chanson que j'aurais vraiment aimé ne pas avoir écrite », et se dit que, finalement, c'était une belle histoire.

Si s'Aimer d'Amour,
C'est mourir d'Aimer,
Sont mourus d'Amour,
Sida Sidannés,
Les Damnés d'Amour,
À mourir d'Aimer,
Ils sont morts d'Amour,
D'Amour Sidanné,

Ô Sida Sida,
Danger Sida,

Ô Sida Sida,
Sid'Amour à Mort,
Ô Sida Sid'assassin recherché,
Mais qui a mis l'Amour à Mort,

Mon Amour malade,
Ma douleur d'Aimer,
Mon Damné d'Amour,
Sida Sidanné,
À vouloir t'Aimer,
Amour à mourir,
J'en mourrais peut-être,
Amour Sidanné,

Ô Sida Sida,
Danger Sida,
Ô Sid'Amour à Mort,
Maladie d'Amour,
Où l'on meurt d'Aimer,
Seul et sans Amour,
Sid'abandonné,

À pouvoir encore,
S'Aimer d'Amour,
À en mourir d'Aimer,
À guérir ce mal d'Amour,
Qui nous fait mourir,
Sid'abandonné,

Si s'Aimer d'Amour,
C'est mourir d'Aimer,
Sont mourus d'Amour,
Seuls et Sidannés,
Les Damnés d'Amour,
À vouloir s'Aimer,
Ils sont morts d'Amour,
Sid'assassinés.

(Sid'amour à mort,
Barbara, 1987)

Dépôt légal : janvier 2021

Imprimé en France
FROC032017110321
26687FR00001BA/19